ISBN 978-2-211-20517-7
Première édition dans la collection lutin poche : avril 2011
© 2009, l'école des loisirs, Paris
Loi numéro 49 956 du 16 juillet 1949 sur les publications
destinées à la jeunesse : septembre 2009
Dépôt légal : avril 2011
Imprimé en France par Clerc SAS à Saint-Amand-Montrond

Yvan Pommaux

Casse- -Tout

Illustrations de l'auteur
Couleurs de Nicole Pommaux

lutin poche de l'école des loisirs
11, rue de Sèvres, Paris 6ᵉ

Il était un petit homme si distrait et si maladroit
qu'on l'appelait Casse-Tout.

On disait de lui qu'il avait la tête dans les nuages.
Quand il allait faire des courses en ville,
il butait chaque fois sur une grosse pierre du chemin,
toujours la même, à l'aller comme au retour.

BLAM! BLAM! BLAM! BLAM! BLAM!

Casse-Tout menait pourtant une vie heureuse.
Et s'il cassait, d'un autre côté, il adorait réparer…
non sans apporter quelques fantaisies inspirées
à ses travaux.

Mais un changement survint, qui devait bouleverser son existence.

Une maison fut construite près de la sienne,

et...

… quelqu'un s'installa dans cette maison :
une très jolie fille qui s'appelait Lola.
Casse-Tout ressentit bientôt un trouble étrange.
Dès qu'il voyait Lola, il s'affolait, son cœur
battait plus vite. Il pensait à elle sans cesse.

Il passait son temps à se tromper de porte,
à se cogner, ne savait plus où il allait, ni ce qu'il
était venu faire.
Il était amoureux.

Encore plus distrait qu'avant l'arrivée de Lola,
donc plus maladroit, il cassait, réparait,
cassait en réparant, recassait après réparation…

Lola invita son charmant voisin à dîner pour faire connaissance, mais aussi pour lui dire gentiment qu'il commençait à lui casser les oreilles avec ses réparations.

Ce soir-là, c'est survolté que Casse-Tout se rendit à l'invitation.
Avant que Lola ait pu dire un mot, il voulut lui déclarer
son amour et fit un grand geste qui faucha une statuette.
Celle-ci se brisa en morceaux.
« Je vais la réparer ! » dit précipitamment Casse-Tout.
Il courut s'enfermer dans son atelier où il travailla toute la nuit.

Le lendemain matin, Casse-Tout présenta son œuvre
à Lola qui n'avait pas fermé l'œil.

Les semaines suivantes, la scène se répéta : Lola invitait son
voisin dans l'espoir de le calmer, mais lui, de plus en plus
nerveux, cassait à chacune de ses visites, et bien sûr,
il réparait.

Lola tentait de l'en dissuader, mais il s'obstinait, sans voir
que ses « réparations » déplaisaient à celle qu'il aimait.

Il était convaincu qu'il transformait des objets
sans intérêt en véritables œuvres d'art.

Lola cessa d'inviter
Casse-Tout.
Il en fut désespéré.
Il perdit les pédales.
Il cassa et répara
comme jamais.
Les nuits
devinrent infernales.

Un matin, Lola
explosa de colère.
«Je ne supporte plus
ce vacarme, ni tes
rafistolages, cria-t-elle
au casseur-bricoleur,
si tu continues,
je déménage!»

La nuit suivante,
Casse-Tout ne
mit pas les pieds dans
son atelier,
mais il dormit mal.
Il fit des cauchemars.

Le mot «rafistolage»
l'avait profondément
blessé.

Au matin, il partit pour la ville.

« Si je ne répare plus, pensait-il, je vais être malheureux.

Mais si Lola s'en va, je serai encore plus malheureux…»

Un peu plus loin, il dit tout haut :

« Me calmer, ne plus casser, ne plus réparer ! »

Dans une vitrine, il remarqua un dessin à l'encre de Chine,
qui représentait un personnage majestueux, calme et fort, assis en tailleur,
enveloppé d'un manteau noir.
Il entra dans le magasin et l'acheta.

Il se disait que, sous le regard sévère de ce personnage,
il changerait, et deviendrait lui-même calme et réfléchi.
Il ne casserait plus, il déclarerait posément son amour
à Lola et la demanderait en mariage.
Au retour, son sous-verre dans les bras,
il ne trébucha pas sur la pierre du chemin.
C'était bon signe.

Arrivé chez lui, Casse-Tout lut ce nom étrange
dans un coin du dessin :
Takarobou Fudiwara.

« Mon cher Takarobou, dit-il. Je vais vous installer
près de mon fauteuil favori. Ainsi, je vous verrai souvent
et je deviendrai comme vous : calme, fort et réfléchi. »
Il grimpa sur une chaise, plaça un clou
et lui assena un grand coup de marteau.

Il rata le clou. Sous la violence du choc, la façade nord de sa maison s'effondra.
Il la reconstruisit et fit un nouvel essai.
Il planta le clou avec précaution, sans incident. Il suspendit le sous-verre et dit :
« Mon cher Takarobou, je me demande si vous êtes assez solidement accroché. »
Et il décida de donner un dernier coup de marteau.

Pan! Le coup atteignit Takarobou Fudiwara
en plein front. La face nord de la maison
s'abattit de nouveau.
Casse-Tout vit Lola sortir de chez elle,
une valise à la main, habillée comme on s'habille
quand on part pour toujours.

BLAM!

DZiiiNG

Il voulut la supplier de rester,
mais une voix terrible rugit :
« AAAAAH ! Qui ose interrompre
ma méditation ? »
En disant ces mots, l'homme au manteau noir
sortit de son cadre brisé et devint gigantesque.

«M-m-m-mais… dit Casse-Tout, tremblant de peur,
v-v-vous pa-pa-parlez, mon cher Ta-ta-ta…
— Vil ver de terre, dit Takarobou. Je vais te tuer, mais d'abord,
je te raconterai mon histoire, cela me soulagera!»

« Écoute, insecte, dit l'homme en noir. Voilà huit siècles,
le vieux peintre Motokata, qui était au service du roi,
dessina mes traits de son pinceau magique et prononça
ces mots : "Je te peins pour que tu observes. Tu observeras
pour méditer. Tu méditeras pour trouver la Réponse.
Quand tu connaîtras la Réponse, tu la diras au monde." »

J'observais, je méditais… J'étais sur le point de trouver la Réponse, quand je fus offert à un riche marchand. Après les méfaits du pouvoir, je découvris ceux de l'argent. Et je dus reprendre ma méditation… De nouveau, je commençais à entrevoir la Réponse...

… quand quelqu'un inventa l'imprimerie. Au fil du temps,
d'autres marchands me firent copier, imprimer…
J'entrai chez toutes sortes de gens, dans des cadres comme celui
que tu viens de casser, sur les pages des livres, sur des cartes postales,
sur les calendriers, et même sur des tasses ou des assiettes… »

Tandis qu'il parlait, Lola s'approcha de Takarobou Fudiwara.
Elle pénétra dans le noir du grand manteau comme dans une brume.
«Je m'en doutais, se dit-elle, tous ces géants
sortis par magie d'une lampe, d'une bouteille
ou d'un tableau, ne sont pas faits de chair et d'os.
Ils sont… en rien! Takaro-machin-chose
n'est que poussière!»
Il lui vint une idée.

Takarobou Fudiwara pérorait :
« … J'étais partout de par le monde et j'observais.
Ma pensée allait comme un fleuve majestueux vers la Réponse,
et voilà qu'un misérable petit bonhomme : toi !
vient en interrompre le cours… »
Grisé par son propre discours, l'homme en noir
ne prêtait pas attention à Lola, qui, sur sa terrasse,
brandissait le tuyau d'un aspirateur.

« Tu vas mourir ! dit le géant en sortant un sabre des plis de son manteau.
– NON ! cria Casse-Tout. Je vais réparer votre cadre, vous pourrez y reprendre
vos observations, vos méditations, tout ça…
– Ce genre de méditation ne supporte pas l'interruption, dit Takarobou
Fudiwara. Arrête-t-on le Gange, le Mississippi, le Yang-tseu-kiang ?
Nul ne connaîtra jamais la Réponse. Tu vas payer pour ça. Meurs ! »
Il leva son arme…

Il allait frapper lorsqu'il entendit un son bizarre et continu
dans son dos : ZZZ zzz zzz zzz zzz zzz zzz zzz zzz…
«Une mouche?» songea-t-il alors que sa masse noire se déformait
et passait en totalité, sabre compris, dans le tuyau de l'aspirateur de Lola.
«C'est un Leglouton! dit celle-ci. Il est très puissant!
– Super! dit Casse-Tout. Moi, j'ai un Aspirafond, mais il marche moins bien!»

« Il faut un hasard extraordinaire pour qu'un génie sorte de sa prison,
dit Lola, on ne reverra plus ce Takarobou-machin-truc-chouette ! »
Casse-Tout jeta toutefois le sac à poussière de l'aspirateur dans sa poubelle,
et ne fut tranquille qu'après le passage des éboueurs, dans la soirée…

Après avoir eu si peur de le perdre, Lola savait
maintenant qu'elle aimait Casse-Tout tel qu'il était
et quoi qu'il arrive.
De son côté, Casse-Tout dormait paisiblement.
Lola ne s'en irait pas. Ne l'avait-elle pas sauvé
en prenant tous les risques ?
Elle l'aimait, point à la ligne.

Réduit en poussière, bercé dans le camion-poubelle,
Takarobou Fudiwara se sentait bien. Son esprit éparpillé avait
tout oublié de sa grande mission. Il se souvenait
vaguement d'un petit homme bricoleur, sympathique,
et d'une belle fille futée.

Le camion manœuvra, s'arrêta, et déversa son contenu dans une décharge,
près d'un panneau portant l'inscription : TOUT-VENANT… bois, fer,
carton, plastique, bazar abandonné venu de partout et jeté là chaque jour.

Pendant la nuit, mû par une force mystérieuse, le bloc informe
du tout-venant se souleva, se déplaça, et se posa devant
la maison de Casse-Tout.

Celui-ci fut émerveillé par cette inépuisable réserve de matériaux,
qui allait lui permettre d'inventer d'étonnantes sculptures.
Casse-Tout se transforma en véritable artiste. D'ailleurs, il devenait
chaque jour moins maladroit et moins bruyant. Il ne cassait plus.
On l'appela désormais par son prénom : Valentin.
Valentin demanda Lola en mariage.
Elle dit oui.